RAINBOW | 083

안으려니,
꽃이다

노영숙 시집

대표시를 저자의 낭송으로 들어 보세요!

이 도서에는 저자의 시 낭송으로 연결되는 QR코드가 있습니다. 스마트폰에서 [네이버] 앱을 다운로드 하여 실행한 후 검색창 옆의 아이콘을 눌러 QR코드를 스캔해 주세요. 시인의 목소리가 새로운 감동을 선사합니다.

초판 발행 2020년 8월 31일

지은이 노영숙
사진 포토그래퍼 민웅기

펴낸이 안창현 **펴낸곳** 코드미디어
북 디자인 Micky Ahn **교정 교열** 최기주
등록 2001년 3월 7일 **등록번호** 제 25100-2001-5호
주소 서울시 은평구 갈현로 318-1 1층
전화 02-6326-1402 **팩스** 02-388-1302
전자우편 codmedia@codmedia.com

ISBN 979-11-89690-33-5 03810

정가 15,000원

이 도서의 국립중앙도서관 출판예정도서목록(CIP)은 서지정보유통지원시스템 홈페이지(http://seoji.nl.go.kr)와 국가자료종합목록시스템(http://www.nl.go.kr/kolisnet)에서 이용하실 수 있습니다. (CIP제어번호 : CIP2020034155)

안으려니, 꽃이다

노영숙 시집

이 세상 모든 것은
이대로의 꽃이다

　행복은 내가 빚는 것이다.

　시인은 자신의 사고의 틀 안에 현상계의 내용을 담는다. 자연과 인생에 대하여 일어나는 감흥을 운율적인 언어로 표현하는 이것도 어쩌면 내 삶의 존재를 알아가는 일이리라.

　그 민낯의 시간에 별빛이 부서지는 고요한 숲에서 바람 소리는 시인의 영혼을 울린다. 시인은 아픔의 길에서 긍정을 배우기도 하고 세상사의 곤고함을 초월하는 정신적 자유를 만끽한다. 끝없이 광활한 정신세계, 그 비할 데 없이 드넓은 공간에서 시심詩心은 은유의 방편으로 온갖 사물 안으로 침투한다. 각각의 사물에 이름을 지어줌으로 찬란한 자유를 선물한다. 이로써 시인은 대자유의 삶을 노래하며, 오늘 여기에서 '크로노스'의 차원을 뛰어넘어 새 하늘과 새 땅을 앞당겨 맛보는 '카이로스'의 소풍을 즐긴다.

안으려니, 꽃이다

제 가락에 익숙해 진 들풀들
살아 피우지 못한
작은 기침 소리

하얀 먼지 머금은 빗방울
그 여린 풀잎
안으려니, 꽃이다

'참으로 깊이 사랑하는 것은 "작은 기침 소리" 같은 여린 "들풀"이 꽃보다 "꽃"임을 발견하는 경이와 안쓰러움, 안타까운 물러섬의 눈빛이다.'

인간이라는 이유만으로 존재가치가 있고 존중해야 하는 그 본질은 사랑인 것이다.

그러기에 이 세상 모든 것은 이대로의 꽃이다.

하얀 먼지 머금은 빗방울조차도 안으려니, 꽃이라서 놀랍고 신기하다. 가여운 마음에 안쓰럽고 안타까워 한 발 물러서서 바라본다. 장미꽃과 사랑에 빠진 어린 왕자처럼. 시인은 작고 여린 들풀이라는 그 풀잎조차도 안으려니 꽃으로 보인다.

빗방울조차도 먼지를 머금고 있는 그 세계를 미세한 눈으로 바라보듯이 「안으려니, 꽃이다」 이 작은 씨앗에서 큰 우주의 본질을 발견하는 입체적 관점의 독자이길 소망하며, 모든 이에게 부활의 기쁨이 함께하시길 기원한다.

언어의 색감, 형이상학적으로 풀다

류귀현 | 시인, 충북문화원연합회 전회장,
충북로터리 전총재, 한국물류터미널사업회 회장

아정 노영숙 시인의 두 번째 시집 『안으려니, 꽃이다』 출간을 진심으로 축하하며 아정芽定은 따뜻한 맛이 있는 사람이다. 세상과 인생을 즐거움으로 마음속에 숨겨 둔 생각이 바로 얼굴로 배어 나오는 낙천적인 인간미를 지녔다. 정호승 시인은 "시를 쓰기 전에 먼저 인간을 사랑하고, 인간을 사랑하기 전에 먼저 인간의 고통을 이해해야 한다."고 했다. 아정 시인 첫 시집 『옹이도 꽃이다』 출판기념회 때 축사를 했는데 아픔을 이해하는 마음속 담긴 생각이 말로 새어 나오고 몸으로 품겨 나오는 언행이나 마음씨가 준 인연이다.

유한한 시간 속에서 초록의 색감으로 생명의 시학을 지닌 밝은 사람과 함께하는 것은 최고의 만찬이며, 행복한 삶인 것이다. 공광규 시인이 말한 바와 같이 아정은 공감각共感覺(Synesthesia)의 시인이다. 공감각은 하나의 감각이 다른 영역의 감각을 불러일으키는 현상을 가리킨다. 즉, 감각과 물리적 자극에서 1 대 1이 아닌 여러 자극을 한꺼번에 느끼는 것을 의미한다. 청각, 시각, 후각, 미각, 촉각 등 감각인 상감각인상相感覺印象인 오감은 1대 1로 대응하지만 때로는 감각 영역을 벗어나, "은빛 머리 풀어 헤친 강물"로 표현한 것이 바로 공감각이다.

중국 당나라 중기를 대표하는 대시인 백거이白居易는 시란 정情을 뿌리로 하고 말을 싹으로 하며, 소리를 꽃으로 하고 의미를 열매로 한다. 아정 시인의 예측력 있는 사고의 융합은 우주를 살아 숨 쉬는 생명체로 보는 에코토피아를 꿈꾸는 생명 시학이다. 또한 민용태 교수는 말했듯이, 동양은 우주를 하나의 살아 숨 쉬는 생명체로 본다. 그것은 세상만물을 키우고 가꾸는 커다란 모성이다. 이 아름다운 형이상학이 노영숙의 시에는 아무런 부담없이 육감적으로 묘사한다고 했다. 이것은 시인의 감각이 뭇 생명을 미리 헤아려 짐작하는 사고의 능력, 통찰력이 있기 때문이다.

아정의 시에는 사물이 존재하는 온갖 모습에서 생명의 깊이를 끌어 올리는 힘을 지니며, 동글한 조약돌의 자세로 따뜻한 봄 햇살이 있다. 그의 정신에는 자연과 자연, 사람과 사람, 자연과 사람사이의 아취雅趣로 그녀의 공간을 만들어 우리의 삶을 아름답고 행복하게 만들어 준다. 앞으로 문학의 꽃이라 할 수 있는 함축적이고 운율이 있는 시詩, 그 시인詩人의 길에서 쏟아지는 봄볕의 환희로 다양한 언어의 정서적 울림을 기대해 본다.

노영숙 시집에 부쳐

류영철 | 시인, 수필가, 경제학박사

옛말에 괄목상대刮目相對란 말이 있다. 이는 눈을 비비고 다시 봐야 할 정도로 학식이 향상되는 것을 의미하는 말로 중국의 삼국시대 초창기 노숙과 여몽 사이의 예화에서 유래한 말이다.

노영숙 시인의 두 번째 시집 『안으려니, 꽃이다』를 읽으며 가슴이 뛰고 정신이 혼미하여 몇 번씩이나 내 눈을 비비고 다시 보아야 했다. 분명 첫 번째 시집 『옹이도 꽃이다』가 고통과 상처로 얼룩진 어둠에서 존재의 빛으로 나오려는 시인의 몸부림이라면 두 번째 시집 『안으려니, 꽃이다』는 바로 사득捨得의 도道를 터득한 것이다. 즉, 얻기 위하여 과감히 버린다는 것. 많이 그리고 먼저 주어야 많은 것을 얻을 수 있다는 도를.

현대 시가 지나치게 지성적이고 냉소적이며 해체와 재구성이라는 기법으로 인한 난해성으로 독자와 일정한 거리감을 유지하고 있음은

모두가 아는 사실이다. 그래서일까? 아정 노영숙시인의 두 번째 시집은 아주 간결하면서도 진정성을 읽을 수 있기에 많은 독자와 공감하며 소통하는 것이다. 아정의 시를 읽는 일이 전혀 부담스럽지 않다. 그러나 시어 하나하나를 음미해 보면 그 속에는 소설책 한 권이 들어 있음을 알 수 있다.

노영숙 시인과 대화할 때마다 느끼는 점이지만, 노시인은 세상을 따뜻한 눈으로 본다. 그래서 나는 그의 마음을 봄날의 아지랑이라고 표현하기도 했다. 그렇다고 그가 꼭 정적인 사람만은 아니다. 때에 따라서는 사회의 도덕적 위기나 문제점을 날카로운 시선으로 보고 신문 칼럼을 통해 경고장을 날리는 역동성과 통찰력을 함께 소유한 시인이다.

창작 활동은 예술가의 전인적인 활동이다. 그래서 창작물을 보면 그 예술가를 알 수 있고, 내재 되어 있는 그만의 독특한 인생관, 가치관, 세계관을 볼 수 있다. 노시인은 언제부터인가 자기만의 가슴속 여과지를 통해 수많은 현상과 사실을 새롭게 해석하고 분석하고 있다. 그것은 아마 수불석권手不釋卷의 자세로 지혜를 얻고, 번뜩이는 예지력과 오래된 신앙생활로 인한 관조와 자연에 대한 사랑이 새롭게 융합되어 아정 시인만의 시 세계를 이루고 있는 것 같다.

노시인의 가슴속 깊은 곳에서 울리는 영혼의 소리가 코로나19로 인한 새로운 일상이 만들어지는 이때 희망을 잃고 방황하는 많은 동시대의 사람들에게 희망의 온기가 되고 삶의 마중물이 되기를 기대해 본다.

contents

1 단 숨결 뿜어내며

🎧 이 아이콘이 있는 작품은
QR코드로 시 낭송을 들을 수 있습니다.

2 골짜기에 거울이 산다

contents

3 삶의 향기를 토하다

이 아이콘이 있는 작품은
QR코드로 시 낭송을 들을 수 있습니다.

4 안으려니, 꽃이다

1

안으려니, 안지 못하고
온기를 다 전하지 못해도
서로 눈빛만으로 행복할 수 있어요

-「가까이 다가오면」 중에서

겨울나무는 배가 고프다

겨울 부황증에 걸려
숨을 헐떡이는 나무들

간밤 내린 흰 눈이
세상 가득
고봉 밥상 차리면

잠시 나타난 해님이
먼저 먹을까 봐

북풍에 게 눈 감추듯
먹어 놓고는
하늘 향해
빈손을 내민다

자박자박 온다

초록빛으로 아우성치는 산야
은빛 머리 풀어 헤친 강물

자박자박 발소리 내며
봄이 온다

나무는. 1

나무는 누가 시키지 않아도 초록빛 잎새에
힘을 쏟아부어 온몸 떨어 꽃을 피우는 겸손이 있으며
기다린다는 자작나무처럼
자신을 반추하며 성숙한 삶을 살아갑니다

나무는 타들어 가는 대지에도
쌓아온 모든 것 내어주는 섬김이 있으며
비바람에 흔들릴지라도 한결같은 인내로
그 자리를 지키는 성실한 삶을 살아갑니다

나무는 아무도 알아주지 않아도
아늑하고 편안한 너를 위한 행복을 주며
응달진 깊은 골짜기에서도 곱게 물들어가는
조화로운 삶을 살아갑니다

나무는 꽃가루 솔방울이 떨어진 자리에
생명체가 살아 숨쉬는 새잎을 돋아내고
서로를 살리는 아름다운 숲을 위하여
자신을 절제하는 지혜가 있습니다

나무는 마구 퍼붓는 장맛비에도 절망하지 않고
홍수가 나지 않게 도와주는 배려가 있으며
아낌없이 뭇 생명을 만들어
따뜻한 보금자리가 되어 주는 미덕을 알고 있습니다

나무는. 2

따로 또 함께
신명을 다해
바람에 꿈 실은 청춘입니다

나무는. 3

오리나무에
둥지 튼 겨우살이

떡갈나무에
둥지 튼 산새

느티나무에
둥지 튼 바람

나무는 아직도 꿈을 꿈니다

단 숨결 뿜어내며

겨울꽃
누웠던 자리에

화신풍花信風 따라온
작은 꽃망울

단 숨결 뿜어내며
입술을 연다

은행나무

천 년 동안

서로 바라보며

희 로 애 락

다 겪은 후에도

오늘이 처음인 양

수천 개의 노란 눈으로
수만 개의 꿈을 잉태한다

제비꽃 무리

우수 지난 무덤 옆
때 이른 제비꽃 무리
마른 잔디에
얼굴 묻고
봄의 소리를 엿듣고 있다

우수

강을 건너려 겨울을 기다렸다

얼음 얼던 날
미덥지 못해
돌 하나 던지고 또 하나 던지고

겨울이 끝나는 날
건너지 못한 강에
점점이 박혀 있던 돌

제 무게를 견디지 못해
하나, 둘
깊은 강 아래로 빠져든다

강물에 긴 파문 하나
힘겹게 강을 건넌다

나이 들어감은

마음을 비우며 비워갈수록

담담한 마음으로
삶의 여백을 그려낼 수 있어

있는 그대로
마음껏 보듬을 수 있어

가난한 마음이라
가벼워서 좋다

소소한 행복

내가 나 아닌 듯
내 작은방이 깨어 있을 때

옷장 속 노란 옷깃 하나에
시선이 멈출 때

창틈으로 그윽한 커피 향
스멀스멀 스쳐 들 때

흥덕사의 꽃, 직지

고려 475년 한반도를 감싸 안은
아취와 기상으로
천년의 바람 타고 하늘에 가득하다

고국을 떠나 프랑스에서
가부좌 틀고
우주, 자연, 진리를 깨달은 지 100여 년
찰나의 '할' 고함에 긴 숨 쉬어본다

청주목 흥덕사에 석찬과 달담이
차가운 금속 덩이에 생명을 부어
고동 소리 지축을 흔들고
가는 동자꽃 영롱한 지혜는
고려인만의 찬란한 문화유산이다

무심으로 흐르는 물줄기 따라
참선하여 마음을 직지 할 때
백운 아래 기나긴 눈바람에도
우뚝 선 우암산 정기는 늘 푸르고

묘덕의 널리 베푼 보시는
돌고 돌아 불꽃처럼 타오른다

아직도
맑은 바람과 흰 구름 친구 삼아
잃어버린 빛바랜 화두 한쪽 찾으려는
직지인의 자긍심은
지금 이 순간 가슴에 열정의 불 지피는
고려 황제의 꽃 중의 꽃이다

땅도 마스크를 쓴다

코로나19가 무서워
온종일 줄 서서 마스크 사고
산으로 피난을 떠났다

양지바른 곳 산수유
봉긋한 꽃망울 웅크리고

산허리를 두른 진달래도
마음 조아리며 연분홍 입을 다문다

산길 너머 장승 소나무
여기저기 나뒹구니
이곳도 몸 쉬일 곳 아닌가 보다

혼미한 정신으로
휘청한 바람처럼 내려오니

땅도 언제부터인가 마스크를 쓴다

일하는 시간

이슬 맺히는 소리
세상 눈 뜨는 소리가 들릴 때
새벽과 아침 사이
내 영혼이 일어나는 시간

내면 깊숙이
울리는 저 소리
무시무종 세월 속에서
흐르던 저 불빛이 터질 때
내 영혼이 일하는 시간

우주의 맥박이
방언처럼 흐르고
은하수가
향기를 토해낼 때
내 영혼이 일하는 시간

침묵의 깃털들 날아오르고
혜성 하나가
블랙홀로 빠져 갈 때
내 영혼이 일하는 시간

가까이 다가오면

안으려니, 안지 못하고
온기를 다 전하지 못해도
서로 눈빛만으로 행복할 수 있어요

내 몸 엮어
그대 오를 가시 계단 만들어
아파하지 않을 만큼 사랑하고 있어요

어느새 옆에 있던 은방울꽃도
가까이 다가오면
조랑조랑 하얀 얼굴 흔들며 웃고 있어요

어머니와 소년

어둠이 깔린 동구 밖에서
장에 가신 어머니를 기다리다
요란스럽게 울던 개구리들의 자장가를
나슬나슬한 그리움으로 그릴 줄 아는 사람

숨소리 잦아드는
어머니의 고단한 한숨 소리에
문풍지도 울어드는 밤

그날이 그리운 것은
장맛 같은 어머니의 두툼한 정이
고픈 까닭이다

봉화산 나무와 풀 냄새 감흥으로
자연과 삶의 조화로움을 나누는 사람
서사가 주는 서정적인 가슴으로
자신의 삶에 여백을 남기며
황혼에 푸른 꿈을 그리는 사람

손깍지

뒤흔들어 끼어 본 깍지
보드라운 감촉에
당신의 손끝 불그레한 얼굴빛으로
꾹꾹 누르고 있다

꽃 진 자리

하루 또 하루
시간을 묻을수록
선명하게 새겨지는 이름

차마
애잔한 얼굴
사월을 이겨내지 못하고
바윗틈 작은 모롱이에
낮은 몸을 뉘었다

언젠가 다시 올
그 시절 그대 다시 볼 때까지
봄 겨울 지나 그대 다시 볼 때까지

블랙스톤 에듀팜*

호수와 초록빛이 반겨주는 깊은 산 속
길 잃은 영혼
선악의 피안을 본다

초여름의 깊은 햇살을 부둥켜안고
뭇 바람을 붙들고
장미꽃 이미지를 만든다

---

* 블랙스톤 에듀팜 : 충북 최초의 관광단지로 지정된 증평 에듀팜 특구 관광단
지. 충북 증평에 위치한 복합레저시설 블랙스톤 벨포레임. 드넓은 분지에 위
치하여 아기자기한 산과 계곡, 호수를 아우르는 경관이 빼어나고 잘 보전된
맑고 아름다운 자연환경으로 천혜의 배산임수(背山臨水)의 터에 자리 잡고
있다

2

저녁노을 짧은 하루 붉게 물들 때
자작나무 가지에 둥지 튼 홍여새
갈색 가슴 비비며 하루를 마감한다

– 「홍여새의 기다림」 중에서

골짜기에 거울이 산다

내 하루는

내 하루는
울 밑
노란 민들레
지상의 별 하나
키우는 일이지

겨울 화단. 1

흔들리는 나뭇가지에 꽃 한 번 피우려
얼마나 많은 북서풍을 견디었으랴

난분분 난분분 조심스레 흔들다가
수천 번 미끄러지고 넘어졌을까

햇볕 나면 사라질 운명에
메마른 가지마다 사그락사그락

너의 울음소리가
나를 흔든다

겨울 화단. 2

밤새
꽃잎들이 춤을 추더니

이른 아침
나무에 안개꽃 만발하다

송이마다 하얀 꽃피우기 위해
수백 번 미끄럼을 탔을 꽃잎들

안간힘을 다해 나무를 껴안고 있다

붉은 해 뜰 때
떨어지는 꽃잎들의 외마디

들리지도 보이지도 않는
소리 없는 아우성

홍여새의 기다림

시베리아 동토에
속살 드러내고 서 있던 자작나무
강원도 깊은 산속에서 신접살림을 차렸다

함께 온 홍여새
진홍빛으로 꽁지를 치장하고는
온종일 삭풍을 맞으며 북쪽 하늘 바라본다

저녁노을 짧은 하루 붉게 물들 때
자작나무 가지에 둥지 튼 홍여새
갈색 가슴 비비며 하루를 마감한다

달빛 눈부시게 내려앉는 밤
밤새 구구거리는 사랑의 언어들
검은 산속 스크린에 유성 되어 지나간다

별금자리

겨울 가뭄
쩍 갈라진 밭두렁 사이로
아기 별금자리 살며시 손을 내민다

대지의 산후통으로
젖 한 모금 못 빨고
멀건 암죽 한 숟가락 얻어먹고도
힘이 나는지
온 힘 다해 앞으로 기고 또 긴다

봉긋한 젖무덤 둑을 만나면
백설의 배냇저고리 사이로
연두색 손과 발을 휘저으며
긴 띠를 그리며 둑을 넘는다

사랑은. 1

노을 비낀 들녘에
붉은 장미 두 송이

사랑은. 2

누가 등 떠밀지 않아도
푸른 폭풍에 휘돌아 나온 파도

사랑은. 3

꽃눈 내릴 때
바람이 남긴 발자국

꽃마리

돌돌 말려 잠든
너를 일찍 깨웠는지
맑은 하늘빛 기지개 켜는 소리
작은 우주를 깨운다

간밤 봄비 내려
작디작은 꽃망울 터질 듯 부풀고
불끈 솟아난 꽃대 위로
여린 꽃 빙그르르 춤추며
사뿐히 앉는다

계곡 사이로 부는 봄바람
버들피리 울림에
일제히 군무를 추는 청초한
푸른 계곡물 되어 흐른다

서정과 서사

그대가 서사이면
나는 서정이고

내게 남긴 말 한마디 서사이면
내게 보인 눈물은 서정이다

골짜기에 거울이 산다

산속 깊은 골짜기에는 거울이 산다
날마다 돌돌 거리며
거울을 헹군다

버들강아지
아직 얼굴이 시린지
솜털 토닥이며 지나간다

새 한 마리 얼굴을 비추자
낯선 얼굴 지우려
구름도 거울 위를 지나간다

잔설 남은 계곡에는
바람에 얼굴 닦는 소리
내가 나를 닦는 소리 들린다

시어 찾기. 1

하늘 그리고 바다
파아란 가슴으로
면사포 휘날리며 너를 찾는다

시어 찾기. 2

붉은 노을 속 갈매기 하나
휘몰아 나온 파도 올라타고
신들린 듯 덩실덩실
심연 속에 숨은 너를 발견하고
온 힘 다해
바다로 내리꽂는다

시어 찾기. 3

파도가 달려들어
내 가슴에
기억 하나 새기는 일

하나가 되어

물오름달*
갈 곳 몰라 떨고 있을 때

산골짝 노란 산수유에서
천 년 된 느티나무까지
낮 열두 시
정결한 마음으로
한뜻 되어 두 손 가지런히 모읍니다

수선화와 목련, 까마중과 개미 밥
산과 바다, 나무와 새, 하늘와 땅
생명 있는 모든 것
당신의 보혈로 하나 됩니다

어찌할 바를 모를 때
지천으로 피어있는 봄까치꽃
하늘색 꽃잎 가득 피어나듯
십자가 사랑으로 하나 되어
당신의 이름을 부릅니다

---

* 물오름달 : 3월의 순우리말.

움트다

왜 모를까
시간이 긴 포물선 그릴 때
꽃도 시들다 떨어지고
나뭇잎도 낙엽 되어
허공을 헤맨다는 것을

팔월 어느 더운 날
계곡물에 내 얼굴 흔들리면
절벽 위 세월의 크레바스에
분홍빛 장구채 하나
산고의 고통 속에서
또 하나의 생명이 움튼다

원초적 생명력

누가 모르랴
흐르는 물은 낮은 곳을 향해 달려갈 뿐

불볕 달군 대지의 가슴골을 흐르고
인고의 세월 굵은 주름위로 떨어질 때
버려진 빈터 한 귀퉁이
오밀조밀 모인 털별꽃아재비
마지막 신음을 토하며 꽃을 피운다

그래, 누가 그들의 고통을 아랴
지나가는 바람은 그저 바람일 뿐

3

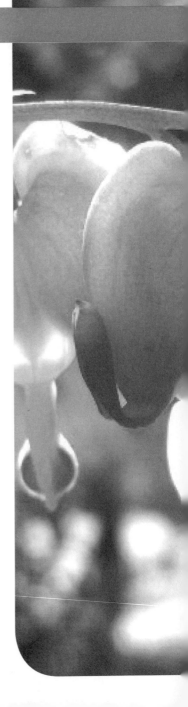

살아간다는 것은
가지런히 무릎 꿇고
서로 가슴을 내어주는 것이다

– 「삶의 향기를 토하다」 중에서

체화당사*를 찾아서

조선 선조 때
사대부 교하 노씨 4형제
애틋한 형제애에 감동하여
체화당棣華堂*이라는 편액을 하사받은 사액서원*

태극문양 그려진 솟을삼문* 열치니
송헌 노계원, 국헌 노준원, 매헌 노종원, 죽헌 노일원의
오랜 세월 부모 섬긴 정성을 풀어놓듯
사색의 깊이 전해온다

오월이 오면
우애 깊은 형제의 효성
연붉은 산 앵두꽃이
양지바른 곳에 한가득 피어나리

오롯한 큰 뜻
체화서원 위로
느린 햇살 눈 부시다

---

* 사액서원 : 임금이 이름을 지어서 새긴 편액을 내린 서원.
* 체화당사棣華堂祠 : 조선 선조 사대부 교하 노씨의 4형제를 배향하는 사당임. 『증보문헌비고』에 기록.
* 솟을삼문 : 문이 세 칸인 맞배지붕의 대문에서, 가운데 문의 지붕을 좌우대문보다한단 높게 세운 대문.

무예의 정심

아주 먼 옛날
타제석기로 활을 쏘던 기상
그 맥의 불꽃이다

땅 사람 하늘의 조화
올바른 정심이니

예와 인 기풍의 몸짓이
도와 기로 길러온 한마음
백의로 꽃피운 태극 무사의 위용이다

겸양의 미덕을 보인 정조의 무예도보통지*
가락 따라 그리는 박진감 넘치는 호국무예
불꽃의 세월, 무예의 꽃이다

유연한 힘의 흐름 강유의 원리 담아
마음을 바르게 덕을 닦는 정심수덕은
인간과 자연 그리고 세계가 하나 되어 영원하리라

---

* 무예도보통지 : 조선 정조 때 이덕무 · 박제가 · 백동수 등이 왕명에 따라 편
찬한 종합무예서.

파랑새. 1

이런 파랑새를 보셨나요
청초한 푸른 몸매
붉은 입술
윤기 흐르는 까망 머리

파랑새에서 나를 보았어요
나무 둥지 속 달콤한 사랑
푸른 하늘에서 펼쳐지는 끝없는 꿈
숲의 녹음 울리는 맑은 영혼

내 안에 둥지를 튼 파랑새

파랑새. 2

파랑새 노래에서
그대의 목소리를 듣는다

마테를 링크*의 가난한 나무꾼
화랑 사다함의 애달픈 사랑
녹두장군 전봉준의 슬픈 이야기

---

* 마테를 링크 : 벨기에의 시인이자 극작가이며 수필가. 『파랑새』 등 신비주의적
경향의 작품들과 독자적인 자연관찰의 저서들을 남겼고 노벨문학상을 받았음.

4월 길목에서

쏟아지는 봄볕
그림자 길게 누운 오후
춤추는 아지랑이들

연분홍 꽃도 현혹되어
아른거리며 하늘로 오른다

무수한 벚꽃
나비 되어 나르고
하늬바람에 살랑이는
호수의 윤슬들

함초롬히 젖은 발로 꽃눈을 밟고
다가서는 너의 눈동자
온통 분홍이다

여린 몸짓

중력을 거슬러 안간힘으로
손잡아 주지 않아도
암벽 타고 하늘 향해 오른다

바람 부는 대로
빈 궁터에 병풍처럼 둘러
노란 호박꽃 피자마자
잎에 숨어 훔쳐보는 벌
꽃술에 취해 세상이 붉게 탄다

늙어 가는 호박꽃
가녀린 덩굴손
새로운 생명을 기대하며 해산의 고통 끝에
우주만 한 호박 두 덩이
덩그러니 남겼다

단풍이 좋아

소리도 없이
산 등 타고 번지는
하늘도 버거워 밀어낸
홍시 빛 노을

지우려 해도

이렇게 흘러
여기까지 왔어요

다시는 못 갈
그 먼 길을

어찌 어찌
여기에 날 두고
말없이

이대로

나이 들수록
마음이 가난해서 좋다

가벼운 마음으로
삶의 여백을 만들 수 있어서

있는 그대로
축복할 수 있어 좋다

빈 마음
어룽어룽진 단풍처럼

지금 이 순간 이대로

빛깔 소리

봄 햇살과 속삭인다
동글동글한 가락으로 살아낸 조약돌
서로 얼굴 내민다

그 옆
분홍 립스틱 바른 영산홍
봄 햇살과 입맞춤 할 때

뒤질세라 눈 비비며 기지개 켜는
수선화

성질 급한 담벼락 목련
큰 키로 붉은 얼굴 치켜든다

여기저기서 터뜨리는 빛깔의 함성
싱그러운 꽃향기에
꽃바람 타고 햇살이 춤을 춘다

이유 있는 꽃

나는 이유 있는 꽃
짐짓, 빛을 발하는 그대가 알고 싶다면
멀리 가는 향기로 머무르시라

삶의 향기를 토하다

어느 산골짜기 무명 꽃
들여다보면

속삭임으로 지구 한 편을
환하게 지피지 않은가

양지바른 곳이든
어둑한 모퉁이든
슬며시 자신의 손톱을 내민다

살아간다는 것은
가지런히 무릎 꿇고
서로 가슴을 내어주는 것이다

뭇사람 발자국 향기로
흰 꽃 올리는 봄맞이꽃처럼

페르소나

여러 개의 얼굴을 가지고 있다
아내, 시인, 엄마, 스승

때마다
어딘가에 숨겨둔 가면을
재빨리 바꿔 쓴다
민낯을 본 사람은 아무도 없다

애달픈 가을꽃 피는 달빛에
슬며시 가면을 벗고
유달리 반짝이는 별을 본다

어느 틈에 어린 천사 다가와
흐르는 눈물 넌지시 닦고 있다

아침의 설렘

바다에 누운 파도
물보라 꽃피워 내고

아침 파도의 몸부림으로
모래 위 소금꽃이 반짝인다

이슬방울 털어내지 못한 풋사과
미소 머금을 때
햇살은 아낌없이 비추고 있다

이른 아침이 좋은 이유는
촉촉한 설렘이
있어서다

쓰다듬은 숨결

짐짓 놀란
제비꽃
소란스런 바람에
속살까지 들추어
제 몸 하나 가누지 못하고
살랑거린다

살아간다는 것은

주어진 자리에서
봄바람이 쓰다듬은 숨결에
아침 하늘 향해
환희의 춤추는 것이다

아버지의 빛

고목처럼 여윈 팔을 흔들거리며
맥없이 웃고 계신 분

그래도 살아계셔서
가난한 나의 창문에 빛을 주신다

아버지,
그 삶의 쓸쓸함에
호젓한 숨결이 밀려온다

그래 그렇게

어디쯤 왔을까
가던 길 멈추고
온 길 아련하고

시간이 느껴지는
지금 이 자리 오래도록
머물 수 있을지

낡은 지갑 속 귀퉁이에
외롭게 몸 떠는
명함 한 장
물색없이 애잔하다

안기고 싶어 붙잡고 있는 얼굴도
열정으로 매달린 욕망의 시간도
가을 앞에
버리고 싶지 않은 아련한 추억

앨범 속 모습 이대로
열매 떨군 빈 가지 위 새처럼
달래지지 않는 슬픔 고이 간직하자

그래 그렇게

그날의 함성

내 나라를 되찾고자
아우내 장터를 헤매던 지령리 소녀

독립을 외친 하얀 초롱꽃이여

나라 없는
백성의 설움은
오직 대한 독립이었으리

만세.
만세.
만세.
이 땅의 봄을 부르는
그 위대한 함성

열여덟 나이에 꽃비처럼 산화했지만
그날의 외침은
울림 되어 새천년을 열고 있다

파랑새의 희망

어느 날 그대 곁에
날개 가운데 흰색 무늬 있는
파랑새를 보았나요
눈보라 시린 가지에 살포시 앉아 있는

겨울 숲속
나무 구멍에 둥지 틀고
안으로 안으로 불꽃 드리운
심장까지 까맣게 탄 이야기 기억하고 있나요

적막한 매듭달
산호색 붉은 입술로
몇 번이라도 들려주고픈 말

 – 나, 지금 여기 있어요

4

하얀 먼지 머금은 빗방울
그 여린 풀잎
안으려니, 꽃이다

— 「안으려니, 꽃이다」 중에서

안으려니, 꽃이다

그 비밀은

애틋한 전설을 가졌구나
어찌 이리도 푸르른가
변함없는 이 자리 지키는 지조이련가

거북 등 마냥 거친 껍질
단단한 속살 안에 숨기운
수백의 낱말들

너에게 묻는다
그 비밀은

가을 단상

고운 잎 떨어지는 아쉬움
홀로 남은 가지의 쓸쓸함
단풍이불 속 대지의 따스함

더 빨갛게
더 노랗게
지나간 바람 나무 사이로
엉거주춤 서 있는 가을

보고픈 바람

봄꽃 흐드러진 사월
하르르 하르르 분홍빛 쏟아지던 날
들길마다 쑥 무덤 지펴놓고 부랴 하늘 가신 아버지

흑백의 바둑돌로 인생길을 놓아갈 때
여미지 못해 준 에미의 옷깃
– 딸아, 네가 묶어 주어라
마지막 내게 주신 숙제이다

지난날에
그랬던 것처럼
연민으로 밀려오는 가슴

탁란한 뻐꾸기처럼
빙빙 돌던 그 자리에
알싸한 바람만 소용돌이친다

고운 꽃 다투어 피어나는
그리움 담아

흐느끼는 나의 눈을 그만 뜨고 싶다

아버지의 내음
봄꽃처럼 다가오는 시간
보고픈 바람 불어온다

첼로처럼 속삭인다

아소산 중턱에 작은방
맑은 공기 바람 옷 입고 불어오는
동그란 하늘창으로 별과 달을 본다

스머프 마을이랄까
하얀 우주선이랄까

다다미방
반구형으로 된 지붕 아래가
한 편의 시다

밤이 아름다운 아소팜
첼로처럼 속삭인다

앙코르 와트

정글 속의 한 젊은이의 야망
사원을 둘러싼 물길
그 해자를 가로지른 신의 세계를 본다

오렌지빛 물든 앙코르 와트
웅장함은
천년의 신비를 간직한
신들의 정원이다

시간이 멈춘 듯
울창한 숲속 찬란한 왕국
오묘한 우주의 축소판

석조 장식에 쓰인 엄청난 무게
얼마나 많은 이가 쿨렌산* 돌을 옮겼을까
화려한 신의 도시였던 만큼
회랑 부조가 환상이다

화관을 쓰고 장식을 쩔렁이며
실루엣이 하늘거리는 압사라
손가락이 휘어지라 춤추듯 아른거린다

* 쿨렌산(프놈쿨렌) : 캄보디아 씨엠립 쿨렌산으로 여기에서 운반해 온
사암으로 앙코르 와트가 만들어 졌음.

긴린코 호수*. 1

사계절의 얼굴
해가 떠오를 때와 질 무렵
정물처럼 환상에 빠져든다

뜨거운 온천수와 찬 지하수가 만나
호수 위로 피어오르는 물안개 끌어안고
자연의 품에 안기는 가난한 마음엔
단풍잎 사이로 스며드는
금빛 아침햇살은 천사이다

가만히 보고 있으면
보고 싶은 얼굴 하나
가슴 떠는 호수보다 더 깊지만
고즈넉한 이곳에서 평온을 찾는다

---

* 긴린코 호수 : 일본 후쿠오카 유후인 기린코 호수.

긴린코 호수. 2

나의 뜨거운 가슴과 당신의 차가운 이성이
만날 때마다
당신은 짙은 물안개 속으로
연금술로 만든 금빛 비늘을 감추었습니다

묵은 안개 사라지면
늦가을 한 줄기 차가운 바람 되어
온기 남은 한 뼘 내 가슴으로 파고들던 당신

밤새 호수로 떨어지는
달빛 소나기 지나간 후
언덕 위에 걸린 무지개 찾으려
정신없이 달려 나온 호숫가에서
숨죽여 흐느끼는 당신을 바라봅니다

호수보다 더 깊은 당신의 고뇌
수많은 별빛 속에서 느끼는 고독
파르르 혼자서 떨다가
금빛 비늘 되어 다시 하늘로 날아갑니다

하늘로 살고 싶다

흔적을 남기기보다는
중력을 거슬러
하늘에 두고 싶다

하늘을 향해 자라는 건
이 땅을 적게 차지하는 게다

덩굴손을 들어
하늘 향해 솟은 것들 지주대 삼아
천천히 더듬는 손을 멈추지 않는다

가냘픈 덩굴손이 흔들린다

허공을 휘저으며 생명을 밟아가는

먼 꽃

이팝꽃으로 배불리고
바람 타고 실려 오는
설렘이
먼 꽃을 바라본다

안개 속에서

어슴프레한 영상
시간의 마중물로 피어올린 추억

해뜩발긋*한 바람의 무늬를 따라
묵은 시간을 추켜든다

---

* 해뜩발긋 : 조금 하얗고 발그스름한 모양

붉은 찔레꽃

어젯밤
얼굴 불그레 비비며
열정으로
울타리 넘었지

세상에 오직 하나,
그대 따라가려고

너에게로 간다

동글동글한 조약돌 되고 싶어
철벅이는 파도에 숨소리 죽여
저 푸른 창공에 내 마음 띄워본다

물결이 서로 부딪쳐 솟구치듯
내 안 가득 채워지면
은빛 모래에 얼굴 비비며
해안 절벽에 수천 번 소리 질렀다

차가운 세찬 물결에 수만 번
굴러 또 구르는 몸부림으로
거침없이 밀려가며
매끄러운 조약돌 되었다

바다 빛살 젖은 세월 안고
혹 너의 돌담에라도 소안笑顔이고 싶어
넘실거리는 물결 울리고
너에게로 간다

4월의 두타산

삼형제 바위 틈 겨드랑이 간지럼에
두타산 자락이 온통 진달래 꽃불이다

까르르 웃는 소리에
예제서 곁눈을 틔우는
키 작은 들꽃들
온몸으로 우쭐댄다

아소팜에서

나의 별을 떠나 온 지 오십 년
지친 몸을 뉘일 곳 없어
바싹 마른 다다미방에 누워
하늘을 본다

둥근 우주선 창을 통하여
달려오는
달빛, 별빛 그리고 시온의 빛

흐르는 추억과 참회의 눈물 사이로
시간이 지나는 광속의 소리도 들리고
언젠가 물에 빠진 나를 부르던
애달픈 소리도 들린다

나는 밀려오는 우주의 검은 파도에
잠시 몸을 맡긴 채 눈을 감는다
모든 것이 정지한 듯 평안하다

유황 냄새 지천인 아소산 위를

달리는 우주선

나를 낚아채

광속으로 달리고 또 달린다

아직은 아닌데

꽃눈이 초록의 대지를 물들이던 날
하늘로 하얀 나비 되어 올라갔다
나를 위해 일하던 하얀 손
아직은 아닌데 꼭 잡고 싶다

이별의 시간은 떠남이 아니라면서
애써 스스로 달래던 떨림에 너무 미안하다
지금도 그 소리는
텅 빈 자리에서
울림 되어 흐르고

지나간 날이 그랬던 것처럼
연한 꽃잎 향기 내 곁을 스칠 때
아쉬워 가슴 내어 보이는 앙상한 가슴에
머물던 숨 가쁜 사연들
그저, 미안해 씨줄 날줄 위를 온종일 서성인다

다시 오지 못할 그 길을
단 한마디 말도 없이

그렇게 그렇게 여기까지 매어주며 왔는데
밤새 뜬 눈 찬연한 빛에 눈물이 난다

고운 꽃잎이 다투어 떨어질 때
당신의 마지막 차가운 숨결이
봄바람 가슴을 파고들 듯
한 뼘 내 작은 가슴 속을 파고든다

얼굴을 묻고

무릎 사이로 얼굴을 묻고
구름 너머 흐르는 하얀 구름
눈꺼풀로 길게 밀어 올리면
다시 볼까
어제 그 얼굴

안으려니, 꽃이다

제 가락에 익숙해진 들풀들
살아 피우지 못한
작은 기침 소리

하얀 먼지 머금은 빗방울
그 여린 풀잎
안으려니, 꽃이다

작품해설

민용태 | 스페인 왕립 한림원 종신위원, 고려대 명예교수

노영숙 시인은 시인이면서 아내이고 엄마이고 스승이다. 시인은 "민낯을 본 사람은 아무도 없다"는 것을 알고 있다. 그러나 시인은 스스로가 체면과 가면, 매체를 떠난 자연인임을 또 알고 있다.

– 「해설」 중에서

자연에서 배우는
생명의 시학

자연에서 배우는 생명의 시학

•

민용태(스페인 왕립 한림원 종신위원. 고려대 명예교수)

　　노영숙 시인의 두 번째 시집 『안으려니, 꽃이다』 출간을 진심으로 축하한다. 아정 노영숙의 시에는 나무가 많이 자란다. 물론 꽃이 빠질 수 없다. 하늘 보고 땅 보고 사람도 시도 숨 쉬며 산다. 어린 시절에는 시를 쓰려고 나무와 꽃을 보더니 나이가 들면서 자연이 스스로 시야에 다가옴을 느낀다. 꽃밭을 가꾸고 별을 보는 것이 시보다는 일상이 된다. 노영숙 시인이 고백하는 '내 하루는' 이렇다.

　　　　내 하루는
　　　　울 밑
　　　　노란 민들레
　　　　지상의 별 하나
　　　　키우는 일이지
　　　　　　－「내 하루는」 전문

　이 시는 대단히 평범하게 보인다. 그러나 평범함 속에 엄청난 비범이 숨어 있다. "하루"는 시간 개념이다. 그것을 "울 밑/ 노란 민들레"라는 공간으로 동일시하는 것은 엄청난 비약이다. 이 시구는 내 하루가 울 밑 민들레가 자라듯이 자연스럽게 흘러간다는 말이다. 노자의 무위자연無爲自然과 도법자연道法自然을 연상시키는 구절이다.

　"내 하루는" 거기에서 끝나지 않는다. "노란 민들레"가 "지상의 별"의 이미지로 둔갑한다. 그런데 "별"을 어떻게 키우랴? 그것은 장자의 나비 꿈 이야기나 우주의 순리에 맞추어 조화롭게 자유롭게 사는 나의 삶을 말하는 것. 진정한 시인에게는 꿈과 현실의 차이가 없다.

노영숙의 나무를 보는 눈 또한 사람을 보는 것과 같다. 시법에서 구태여 의인화라는 말이 어색할 정도로 자연이 꼭 사람 모습이다. 「겨울 나무는 배가 고프다」는 아주 재미있는 시이다.

> 겨울 부황증에 걸려
> 숨을 헐떡이는 나무들
>
> 간밤 내린 흰눈이
> 세상 가득
> 고봉 밥상 차리면
>
> 잠시 나타난 해님이
> 먼저 먹을까 봐
>
> 북풍에 게 눈 감추듯
> 먹어 놓고는
> 하늘을 향해
> 빈손을 내민다
> - 「겨울나무는 배가 고프다」 전문

너무나 생생한 자연 묘사가 애교스럽기까지 하다. 눈이 쌓이는 모습을 밥을 고봉으로 담은 밥상으로 본다. "잠시 나타난 해님이/ 먼저 먹을까 봐/ 북풍에 게 눈 감추듯" 흰밥을 먹어 치우는 나무 모습 또한 밉지 않다. 그리고 하늘 향해 오리발 내밀듯 "빈손을 내보이는" 모습 또한 나무 잎사귀들을 닮아 사실적이고 자연스럽다. 심지어 성자처럼 빈손으로 왔다가 빈손으로 가는 생명 무슨 욕심이 있어서겠느냐는 항변이어서 더욱 진실스럽다. 어떻든 자연 풍경을 이토록 드라마틱하게 연출하는 노영숙 시인의 시표현의 묘가 돋보이는 작품이기도 하다.

다음 「나무는. 1」은 자연에서 배우는 도덕 교과서이다.

나무는 누가 시키지 않아도 초록빛 잎새에
힘을 쏟아부어 온몸 떨어 꽃을 피우는 겸손이 있으며
기다린다는 자작나무처럼
자신을 반추하며 성숙한 삶을 살아갑니다

나무는 타들어 가는 대지에도
쌓아온 모든 것 내어주는 섬김이 있으며
비바람에 흔들릴지라도 한결같은 인내로
그 자리를 지키는 성실한 삶을 살아갑니다

나무는 아무도 알아주지 않아도
아늑하고 편안한 너를 위한 행복을 주며
웅달진 깊은 골짜기에서도 곱게 물들어가는
조화로운 삶을 살아갑니다

나무는 꽃가루 솔방울이 떨어진 자리에
생명체가 살아 숨 쉬는 새잎을 돋아내고
서로를 살리는 아름다운 숲을 위하여
자신을 절제하는 지혜가 있습니다

나무는 마구 퍼붓는 장맛비에도 절망하지 않고
홍수가 나지 않게 도와주는 배려가 있으며
아낌없이 뭇 생명을 만들어
따뜻한 보금자리가 되어 주는 미덕을 알고 있습니다
                                    － 「나무는. 1」 전문

● 작품 해설 ＿＿＿＿＿＿＿＿＿＿＿

앞서 말했듯이 노자의 "도는 자연에서 배운다道法自然"는 뜻이 살아있는 작품이다. 나무숲의 생성生成 상생相生의 도道가 자상하게 묘사된다. 특히 마지막에서 "장맛비에도 절망하지 않고/ 홍수가 나지 않게 도와주는 배려가 있으며/ 아낌없이 뭇 생명을 만들어/ 따뜻한 보금자리가 되어 주는 미덕을 알고 있습니다"라고 말하는 자연의 깊은 모성母性에의 성찰은 동서東西가 공감하는 요소이기도 하다.

그다음 「나무는. 3」은 참으로 섬세한 여성적 감각이 짚어낸 나무의 모습이다.

> 오리나무에
> 둥지 튼 겨우살이
>
> 떡갈나무에
> 둥지 튼 산새
>
> 느티나무에
> 둥지 튼 바람
>
> 나무는 아직도 꿈을 꿉니다
> ―「나무는. 3」 전문

마지막 "느티나무에/ 둥지 튼 바람"은 절구이다. 무형의 바람이 새처럼 "둥지를 튼" 이미지는 "꿈꾸는" 나무의 모습과 짝을 이룬다. 김현승 시인의 "플라타나스"에게 "꿈을 아느냐/ 네게 물으면/ 너의 머리는 어느 듯 파아란 하늘에 젖어있다"고 한 시구가 떠오른다. 여기 "느티나무"는 나무 끝에 바람의 둥지를 두고 스스로 꿈을 꾸고 있다.

나무가 꿈을 꾸는 이미지는 곳곳에서 발견된다. 여기 "은행나무"도 마찬가지다.

천 년 동안

서로 바라보며

희 로 애 락

다 겪은 후에도

오늘이 처음인 양

수천 개의 노란 눈으로
수만 개의 꿈을 잉태한다
ㅡ「은행나무」 전문

　여기 은행나무의 노란 잎의 노란 꿈은 황금빛 황홀이다. 그것은 "오늘이 처음인 양" 갑작스런 깨달음처럼 찬연하다. 수천수만 개의 햇살 같은 황홀한 꿈이 참으로 아름답다.
　노영숙 시인의 심안을 통하여 보는 자연은 현묘하다. 어느 이른 봄에 무덤 옆에 피어난 "제비꽃 무리"를 보았나보다.

우수 지난 무덤 옆
때 이른 제비꽃 무리
마른 잔디에
얼굴 묻고
봄의 소리를 엿듣고 있다
ㅡ「제비꽃 무리」 전문

　우수 지나고 개구리 잠에서 깨어난다는 경칩이 가까울 무렵 제일 먼저 조그만 제비꽃이 핀다. 자주색 보라색 꽃이 무덤가에서 조용히 고

개를 든다. 무덤가 마른 풀들 때문에 잘 보이지도 않는 앉은뱅이 꽃들. 그 모습을

"얼굴 묻고/ 봄의 소리를 엿듣고 있다"고 표현한다. 기다리던 봄이 오는 소리를 미리 엿듣는 작은 꽃의 기다림이 눈에 잡힌다.

자연은 나이가 들어갈수록 안정감이 부드럽고 커진다. 사람의 삶도 자연을 닮아 나이 들어가면 여유가 생긴다.

> 마음을 비우며 비워갈수록
>
> 담담한 마음으로
> 삶의 여백을 그려낼 수 있어
>
> 있는 그대로
> 마음껏 보듬을 수 있어
>
> 가난한 마음이라
> 가벼워서 좋다
>   – 「나이 들어감은」 전문

마음을 비워가다 보니 가벼워진다. 가난한 자는 복이 있다고 했던 가? 초조하지 않고 "담담한 마음담으로/ 삶의 여백을" 즐긴다. 포용력도 생긴다. 그래서 "가난한 마음이라/ 가벼워서 좋다"

아정 노영숙 시인이 사는 청주는 여러모로 문화도시이다. 세종대왕께서 훈민정음을 창안한 곳도 그 근방이었다던가? 그런데 세계 최초의 금속활자 "직지심체요절" 또한 흥덕사에 있다.

> 고려 475년 한반도를 감싸 안은
> 아취와 기상으로
> 천년의 바람 타고 하늘에 가득하다

고국을 떠나 프랑스에서
가부좌 틀고
우주, 자연, 진리를 깨달은 지 100여 년
찰나의 '할' 고함에 긴 숨 쉬어본다

청주목 흥덕사에 석찬과 달담이
차가운 금속 덩이에 생명을 부어
고동 소리 지축을 흔들고
가는 동자꽃 영롱한 지혜는
고려인만의 찬란한 문화유산이다

무심으로 흐르는 물줄기 따라
참선하여 마음을 직지 할 때
백운 아래 기나긴 눈바람에도
우뚝 선 우암산 정기는 늘 푸르고
묘덕의 널리 베푼 보시는
돌고 돌아 불꽃처럼 타오른다

아직도
맑은 바람과 흰 구름 친구 삼아
잃어버린 빛바랜 화두 한쪽 찾으려는
직지인의 자긍심은
지금 이 순간 가슴에 열정의 불 지피는
고려 황제의 꽃 중의 꽃이다

- 「흥덕사의 꽃, 직지」 전문

원래 주제가 있는 이런 시는 쓰기가 쉽지 않다. 그러나 노영숙의 이 시는 그런 긴 역사를 가진 관광 안내 같은 서술에도 불구하고 깊이와 아취를 간직하고 있다. 특히 "무심으로 흐르는 물줄기 따라/ 참선하여

● 작품 해설 _____

마음을 직지 할 때/ 백운 아래 기나긴 눈바람에도/ 우뚝 선 우암산"은 참선과 "직지直指"의 이미지가 어울려 맑고 투명하다. "잃어버린 빛바랜 화두"도 고풍 속에 참스러운 눈빛이 번뜩여 아름답다.

노영숙 시인은 역사와 꿈만 바라보는 것은 아니다. 코로나바이러스가 석권하는 오늘의 현실을 잊지 않는다.

> 코로나19가 무서워
> 온종일 줄 서서 마스크 사고
> 산으로 피난을 떠났다
>
> 양지바른 곳 산수유
> 봉긋한 꽃망울 웅크리고
>
> 산허리를 두른 진달래도
> 마음 조아리며 연분홍 입을 다문다
>
> 산길 너머 장승 소나무
> 여기저기 나뒹구니
> 이곳도 몸 쉬일 곳 아닌가 보다
>
> 혼미한 정신으로
> 휘청한 바람처럼 내려오니
>
> 땅도 언제부터인가 마스크를 쓴다
> ─ 「땅도 마스크를 쓴다」 전문

봄은 왔어도 봄 같지 않는 게 요번 봄이다. 뜨거운 여름이 와도 무속의 "손"인지 지겨운 전염병인지 떠날 생각을 안 한다. "산길 너머 장승 소나무/ 여기저기 나뒹구니/ 이곳도 몸 쉬일 곳 아닌가 보다", "땅도 언제부터인가 마스크를 쓴다"는 마지막 구절은 우리의 절망감을 한마디로 말한다.

　그러나 희망은 사람이 버리는 마지막 보루이다. 노 시인은 희망을 명상으로 부른다. "영혼이 일하는 시간"은 영혼과 우주가 하나 되는 참선의 시간이다.

이슬 맺히는 소리
세상 눈 뜨는 소리가 들릴 때
새벽과 아침 사이
내 영혼이 일어나는 시간

내면 깊숙이
울리는 저 소리
무시무종 세월 속에서
흐르던 저 불빛이 터질 때
내 영혼이 일하는 시간

우주의 맥박이
방언처럼 흐르고
은하수가
향기를 토해낼 때
내 영혼이 일하는 시간

침묵의 깃털들 날아오르고
혜성 하나가
블랙홀로 빠져 갈 때
내 영혼이 일하는 시간
　　　　－「일하는 시간」 전문

● 작품 해설 _____

이 시에는 참선을 통한 참신한 이미지들이 빗발친다. 이미지즘의 선구자 에즈라 파운드Ezra Pound는 당시唐詩나 하이쿠俳句 등 동양시의 영향을 받아 '이미지'를 정의하면서 "그것은 어떤 순간에 나오는 지적이고 정서적 복합체"라고 말하고 "그것은 우리에게 갑작스런 해방감sudden liberation을 준다."는 신비스러운 말을 한다. 이런 이미지에 대한 정의는 서구인들이 가장 어렵게 받아들인 파운드 특유의 현학적인 말장난이라고 했다. 그러나 우리가 아정 노영숙의 이미지를 보면 파운드가 무슨 이야기를 하는지 쉽게 알 수 있다.

먼저 "이슬 맺히는 소리/ 세상 눈 뜨는 소리"를 보자. 이것은 시각적으로 이슬에 비치는 세상을 일컫는다. 동시에 기독교적 깨달음의 상징으로 본 것. 상당히 지적인 심상이다. 이런 시 표현을 보면서, "정말 그럴듯 하네!" 감탄한다. 이것이 파운드가 말하는 "갑작스런 해방감"이라는 것. "우주의 맥박이/ 방언처럼 흐르고"도 대단히 지적인 사고의 복합체이다. 우주란, 한 입자인 나라는 생명체에 흐르는 기운과 맥박은 "방언처럼 흐르기" 마련…. 이런 시 표현을 보면 노영숙의 시는 훌륭한 이미지 기법이 시의 품위를 유지하고 있다.

노영숙의 시가 지적인 깊이를 가지고 있다면 「페르소나」가 그 대표적 작품 같다.

여러 개의 얼굴을 가지고 있다
아내, 시인, 엄마, 스승

때마다
어딘가에 숨겨둔 가면을
재빨리 바꿔 쓴다
민낯을 본 사람은 아무도 없다

애달픈 가을 꽃 피는 달빛에

슬며시 가면을 벗고
유달리 반짝이는 별을 본다

어느 틈에 어린 천사 다가와
흐르는 눈물 넌지시 닦고 있다
―「페르소나」 전문

현대인의 삶은 갈수록 복잡해져서 늘 이렇게 "가면"을 요구한다. 고대 연극이 가면을 쓰고 연기했기에 배역을 "페르소나"라고 했다면, 티비, 매스컴 시대의 우리 모두의 삶은 모두가 체면 위주의 가면극이라할 수 있다. 마샬 맥루헌은 "미디어는 메시지"라고 했다. 매체가 많다는 것은 우리가 모두 배우이거나 그림자여야 먹고 살 수 있다는 이야기이기도 하다. 즉 우리 주위는 전부 미디어 매체로 에워싸여 있다. 우리는 작으나 크나 모두 가면극의 배우들이다.

노영숙 시인은 시인이면서 아내이고 엄마이고 스승이다. 시인은 "민낯을 본 사람은 아무도 없다"는 것을 알고 있다. 그러나 시인은 스스로가 체면과 가면, 매체를 떠난 자연인임을 또 알고 있다. 별을 알고 별나라의 어린 왕자나 어린 천사가 눈물을 닦아줌을 느낀다. 시도詩道는 매체에 오염된 인성人性이 마비된 현실로부터 우리의 "눈물을 넌지시 닦아" 준다.

그러나 노영숙 시의 강점은 역시 자연 풍경의 자상한 성찰이다. 다음 밭두렁 사이 풍경을 보자.

겨울 가뭄
쩍 갈라진 밭두렁 사이로
아기 벌금자리 살며시 손을 내민다

대지의 산후통으로

● 작품 해설 _____

젖 한 모금 못 빨고
멀건 암죽 한 숟가락 얻어먹고도
힘이 나는지
온 힘 다해 앞으로 기고 또 긴다

봉긋한 젖무덤 둑을 만나면
백설의 배냇저고리 사이로
연두색 손과 발을 휘저으며
긴 띠를 그리며 둑을 넘는다
― 「벌금자리」 전문

곳곳에 자연의 모성母性이 느껴진다. 특히 마지막 연은 어머니의 젖무덤 사이 어리고 여린 "연두색 손과 발"이 너무 귀엽고 예쁘다. 어머니의 젖꼭지를 물고 있는 배냇저고리 속 어린아이의 모습이 "벌금자리" 이 풍경과 한 치 오차도 없이 곱게 어우러진다.

아정 노영숙 시인에게 자연은 이처럼 어머니면서 어린아이의 "여린 몸짓"이다.

중력을 거슬러 안간힘으로
손잡아 주지 않아도
암벽 타고 하늘 향해 오른다

바람 부는 대로
빈 궁터에 병풍처럼 둘러
노란 호박꽃 피자마자
잎에 숨어 훔쳐보는 벌
꽃술에 취해 세상이 붉게 탄다

늙어 가는 호박꽃
가녀린 덩굴손

새로운 생명을 기대하며 해산의 고통 끝에
우주만 한 호박 두 덩이
덩그러니 남겼다
                    - 「여린 몸짓」 전문

　동양은 우주를 하나의 살아 숨 쉬는 생명체로 본다. 그것은 세상 만
물을 키우고 가꾸는 커다란 모성이다. 이 아름다운 형이상학이 노영숙
시인의 시에는 아무런 부담 없이 육감적으로 묘사된다. "늙어 가는 호
박꽃/ 가녀린 덩굴손/ 새로운 생명을 기대하며 해산의 고통 끝에/ 우
주만 한 호박 두 덩이/ 덩그러니 남겼다" 우주는 이슬도 낳고 우주도
낳는다. 여기 "호박"도 또 작은 우주들이다.
　아정 노영숙의 자연 속에는 수도하고 참선하는 사물들이 많다.

산속 깊은 골짜기에는 거울이 산다
날마다 돌돌 거리며
거울을 헹군다

버들강아지
아직 얼굴이 시린지
솜털 토닥이며 지나간다

새 한 마리 얼굴을 비추자
낯선 얼굴 지우려
구름도 거울 위를 지나간다

잔설 남은 계곡에는
바람에 얼굴 닦는 소리
내가 나를 닦는 소리 들린다
                    - 「골짜기에 거울이 산다」 전문

● 작품 해설 ＿＿＿＿＿＿＿＿＿＿

혼적을 남기기보다는
중력을 거슬러
하늘에 두고 싶다

하늘을 향해 자라는 건
이 땅을 적게 차지하는 게다

덩굴손을 들어
하늘 향해 솟은 것들 지주대 삼아
천천히 더듬는 손을 멈추지 않는다

가냘픈 덩굴손이 흔들린다

허공을 휘저으며 생명을 밟아가는
　　　　　　　－「하늘로 살고 싶다」 전문

　이런 작은 생명의 기도하는 몸짓들이 고사리손이나 덩굴손에 묻어
난다. 자연은 누가 시키지 않아도 환경을 정화한다. 누가 시키지 않아
도 하늘을 우러른다. "하늘을 향해 자라는 건/ 이 땅을 적게 차지하는
게다"라는 시구는 우리 세속에 커다란 깨달음을 준다.

　노영숙 시인의 자연은 끝없는 정화작용을 한다. 끝없는 자기 수련이
다. 그래서 "잔설 남은 계곡에는/ 바람에 얼굴 닦는 소리/ 내가 나를 닦
는 소리 들린다"고 말한다. 내가 나를 닦으면 내가 없는 무아無我의 자
연으로 되돌아가는 것. 시인은 자연에게서 겸손과 배려를 배운다. "양
지바른 곳이든/ 어둑한 모퉁이든/ 슬며시 자신의 손톱을 내민다/ 살
아간다는 것은/ 가지런히 무릎 꿇고 서로 가슴을 내어주는 것이다" 이
렇게 가슴과 가슴으로 살아있음의 체온을 나누는 가냘픈 생명의 몸짓

들. 진정한 자비란 이렇게 서로 한없이 낮아지고 작아져서 사랑하는 모습이다.

　1956년 노벨 문학상을 탄 스페인 시인 환 라몬 히메네스는 "더 이상 만지지 말아요/ 그대로가 장미랍니다"라고 노래한다. 아정 노영숙 시집의 이름 『안으려니, 꽃이다』에 버금가는 꽃 섬기기, 사랑 섬기기가 돋보이는 말이다. 노 시인은 자연에게서 배워 자연보다 더욱 여리고 부드러운 사랑을 시로 표현한다.

　행복과 사랑을 나누는 법은 반드시 끌어안고 부벼야만 불이 나는 것은 아니다. 그런 인간 냄새나는 사랑보다 더러는 "눈빛만으로도" 사랑하는 플라토닉 러브나 하나님의 은혜 같은 사랑의 불길도 있다. 아정의 끊임없이 속삭이는 선한 심성이 말한다.

> 안으려니, 안지 못하고
> 온기를 다 전하지 못해도
> 서로 눈빛만으로 행복할 수 있어요
>
> 내 몸 엮어
> 그대 오를 가시 계단 만들어
> 아파하지 않을 만큼 사랑하고 있어요
>
> 어느새 옆에 있던 은방울꽃도
> 가까이 다가오면
> 조랑조랑 하얀 얼굴 흔들며 웃고 있어요
> 　　　　　　　－「가까이 다가오면」 전문

　그렇다. 사랑한다는 것은 꼭 그렇게 아픔까지 사랑해야 사랑인 것은 아니다. 사랑이라는 이유로 안는다고 하는 것이 오히려 상처를 줄 수 있다. 사랑은 더러 닿으면 장미 가시가 찔린다. 사랑한다는 것이 사랑하는 사람을 아프게 하면 사랑인가? 참으로 깊이 사랑하는 것은 "작은 기침 소리" 같은 여린 "들풀"이 꽃보다 "꽃"임을 발견하는 경이와 안쓰러움, 안타까운 물러섬의 눈빛이다.

> 제 가락에 익숙해 진 들풀들
> 살아 피우지 못한
> 작은 기침 소리
>
> 하얀 먼지 머금은 빗방울
> 그 여린 풀잎
> 안으려니, 꽃이다
> 　　　　　　－「안으려니, 꽃이다」 전문

RAINBOW | 083

안으려니,
꽃이다

노영숙 시집